Dortmunder Buch

2. Auflage
Vollkommen überarbeitete und um
19 Gedichte erweiterte Ausgabe.

Eine Auswahl der hier versammelten Gedichte
liegt bereits als gleichnamige CD vor.
www.trelenberg-bereckis.de

ISBN 978-3-945238-29-5

Thorsten Trelenberg

Emscherland

Ausgewählte Gedichte

Vorstadtlandschaften

Von
Hier oben aus betrachtet
Wirkt
Die Landschaft
Über
Abgeschaffter Arbeit
Unwirklich
Nah

Grünzüge
Mäandern zwischen den
Vorstädten

Jenen
Vorratskammern
Verrußter Geschichten
Die
Wie sirrende Insekten
Von
Garten zu Garten
Fliehen

Eulenschwingen

Auf nassen Gleisen
Fährt das Licht

Durch die Nacht
Fliegen Träume

Auf Eulen
Schwingen

Heimatpoesie

Sanft wölbt sich
Der Brücke
Bogen

Badet Morgen
Sonne im Schleier
Haften Früh
Nebel

Deich mit Weiden
Möwen vor Ufer
Promenade Auto
Bahn Industrie
Kulisse

Hier

Hier riecht es

Hier riecht es nicht
Nach Meer

Dieser Wald

Unterwegs in dieser Baum
Kathedrale

Schatten wandern mit
Dem Wind

Was ist wirklich
Wichtig

Denke ich

Sommerreise

Vor blauem Himmel
Aufruhr in den Blättern

Wind hebt an
Mit leichtem Flügelschlag

Geht Poesie
Auf Sommerreise

Wundersam

Weder bin ich
Büßender Sünder

Noch bin ich
Auf touristischer Pilgerschaft

Vielmehr beflecke ich den
Wundersamen
Altar einer von Endlosigkeit
Umfluteten Zeit
Mit meiner einsamen Gegenwart
Die nicht für die Ewigkeit
Bestimmt ist

Einspruch

Verharren im Ungebeten

Zwischen
Verweigerung und
Unverschämtheit

Einspruch der Rose

Zwischen
Verhängnis und wortlosen
Antworten

Einspruch der Rose

Zwischen
Verlangen und Ungelöst

Einspruch der Rose

Verharren im Ungebeten

Rätselvoll

Donner rollen offen
Liegt das Land
Brach im Vorfrühling

Tanzen Blitze hastig
Fluten dunkle Wolken
Wälder und Weiden

Ein Himmel nach
Dem anderen dunkel
Hell und rätselvoll

Gegen Abend

Die Luft
Salzig und warm

Ein Haufen
Wolken
Am Himmel

Über den Wolken
Zieht der Schattenfalke
Seine Kreise

Alle Wege

Ruhig liegt die Natur
Leistet keinen Widerstand

Über alle Wege hinweg
Treibe ich in meinen Traum

Krähen leisten mir Gesellschaft
Ich fliege ein Stück mit

Über alle Wege hinweg
Schritt für Schritt

Leistet mein Herz
Keinen Widerstand

Rätselvoll

Donner rollen offen
Liegt das Land
Brach im Vorfrühling

Tanzen Blitze hastig
Fluten dunkle Wolken
Wälder und Weiden

Ein Himmel nach
Dem anderen dunkel
Hell und rätselvoll

Lichtreise

Da ist keine Frage
In der Natur

Blütendurchdrungenes Morgenrot
Flügelleichte Geheimnisse
Die Steine des Baches

Alles

Alles geht mit dem Licht
Auf Reise

Mairegen

Über der trägen Vorstadt
Brennt der Himmel

Im unersättlichen Abend
Sonnenschein verdurstet der
Brunnen

In stehender Hitze

Wirken ziellos Umherstreifende
Wie welke Blumen

Unruhige Blicke verraten die
Sehnsucht
Nach einem Abend voller

Mairegen

Zarte Falter

Längs des Weges zarte
Falter stumm und schön

Natur zeigt mir
Die gelben Zähne

Früh am Morgen träumt
Der Tau vom Löwen

Derweil noch kein Verlangen
Verweilen
Nicht an diesem Ort

Gesäumt von Auto
Bahn und Fluss

Trägt jeder Schritt
Mich fort

Im Waldbett

Feucht schimmert Vorjahres
Laub im Waldbett
Schimpft eine Amsel auf den
Unerwarteten Eindringling

Im Pingenlabyrinth säumen
Baumriesen die verwachsenen
Abrisslinien der Geschichte

Fest verwurzelt in den
Erzählungen von Zunder
Eisen und Kohle

Unbekümmert

Zwei Murmeln
Am Wegesrand
Ohne Eile aufgehoben

Unbekümmert steigt
Der klare Sommertag
Aus den Fluten
Einer zerschellten Nacht
Empor

Gleich hinter dem Schweigen
Der Bäume erzählt
Ein aufkommender Wind
Vom Immerfort

Davor

Und dann
Nimm dir einmal
Zeit für die Zeit

Zeit für das Verrauschen
Dieser Welt zwischen
Den Sekunden

Zeit für das Verwelken
Deiner Träume zwischen
Den Schlägen deines Herzens

Und dann
Nimm dir einmal
Zeit für die Zeit

Davor

So viel

Auch der Staub
Auf meinen Schuhen
Ist Teil dieser Landschaft

So viel Sehnsucht
Aus allen vier Himmels
Richtungen

Schritt auf Schritt
Folge ich den Spuren
Der Zugvögel die der
Schwerkraft trotzen

So viel Sommer
Über den Feldern

Treibt der Wind meine
Kindheitserinnerungen
Vor sich her

Selbstversunken

Auf den Schienen der Straßen
Bahn fährt der Sommer
Regen in die Stadt

Selbstversunken ruht die Welt
Der Liebenden an der Halte
Stelle hinter Glas

Beim Anblick verstreuter
Rosen
Blätter auf dem Trottoir
Vergaß ich den Namen der
Stadt

Im Vorüber

Gleiten Sommer
Schwalben

Gleich Papier
Fetzen

Vor Hoch
Haus

Fassaden durch
Straßen

Schluchten reglos
Für

Einen Augen
Blick

Stürmische Zeiten

Flammende Dämmerung

Daheim und unterwegs
Rauscht schon der Abend ein

Dumpfes Grollen
Blitze sprühen

Schon schlagen zahllos
Tropfen auf die Vogelvilla ein

Tand

Zwei dunkle Augenpaare
Hinter der zersplitterten
Glasscheibe
Blicken dich fragend an

Eingeschlossen
In diesem hölzernen Rahmen
Lebte das Geschwisterpaar
Auf schwarz und weiß
Jahrzehntelang in deinem Haus

Ihr vergilbtes Lächeln
Verwandtschaftliche Beziehungen
Freud und Leid
Verkommen zu wertlosem Tand

Der jetzt in einem Pappkarton
Am Straßenrand
Auf die Müllabfuhr wartet
Die gerade um die Ecke biegt

Gleistiger

Zwischen Graffitis
Rost und tanzendem Laub
Streift der Gleistiger
Umher

Blicke treffen sich

In unseren Augen
Spiegelt sich das
Wetterleuchten

Spiegelt sich die Harmonie
Der Welt

Natur

Vogelzwitschern
Wasserplätschern

Haselsträuche Bach verläuft

Plastiktüten
Coladosen
Zeitungspapier im Wind

Kein Mensch zu sehen

Radtour

Beine strampeln
Gelenke schmerzen

Landschaft kriecht vorbei

Atem hechelt
Herzkammern rasen

Pfft...Pffft...Pffff...Pft
Mückenschwarm

Vom Klee

Hinter dem Horizont
Verdaut der Morgen
Die Nacht

Frischer Tau hat sich
Ausgebreitet

Schmale Schatten
Für die Mittagsstunde
Liegen bereit

Schon flutet das
Universum
Den Tag mit Zeit

Wer kann
Nimmt jetzt noch
Vom Klee

Frühling

Die Tage werden
Länger

Die Gedichte werden
Kürzer

Quellwolkenkathedralen

Irgendwo in der Ferne
Zwischen Traum und Horizont
Streiten sich zwei Hähne
Um der Sonne erste Strahlen

Aus den meisten Häusern ist
Der Schlaf schon längst vertrieben

Quellwolkenkathedralen
Reisen Überseedampfern

Gleich über das abgetretene Pflaster
Müder Gassen

Verwunderung

Nebel steigen auf
Erklimmen die Halden

Ohne Eile gleite ich
Schritt für Schritt

Durch Vergangenheit
Gegenwart und Zukunft

Unverhofft
Auf einer Lichtung
Ein Rehbock

Verwunderung
Auf beiden Seiten

Dieser Wald

Unterwegs in dieser Baum
Kathedrale

Schatten wandern mit
Dem Wind

Was ist wirklich
Wichtig

Denke ich

Himmelsmitte

Blick durchs
Grüne Laub

Über dir
Schwebt Himmelsmitte

Nicht von
Zahlreichen Irrfahrten

Träumst Du

Nicht von
Eintönigen Tagen

Über dir
Nur Himmelsmitte

Und Schwalben

Trunken vom Sommer

Asphaltsommer

Auf dem Asphalt
Wirft der Sommer
Wieder Falten

Ein paar Haufen
Wolken halten das
Blau des Himmels

Fest

Klebt ein Schatten
Unter meinen Schritten

Wirft der Sommer
Wieder Falten

Betonkorsett

Noch durchziehen
Trübe Wasser
Im halbschaligen
Betonkorsett
Das Land

Trübe Wasser
Die man
Auf der Zunge schmecken
Kann

Manch einer denkt

Scheiße

Spiel

Mit mir Sommer

Wir tanzen
Ich

Fang deine
Strahlen

Wirst Du
Wenn

Wir tanzen

Mit mir Sommer
Spielen

Admiral

Verirrter Falter

Traum

Über Abraum

Halden

Entflieht

Dein Schatten

Spiegelhimmel

Auf stillen Wassern
Nistet versiegelt
Spiegelhimmel

Durchs Schilfrohrlabyrinth
Gleitet schwanengleich
Der alte Mond

Im Halbvergessen

Der Schattenwald
Hat die alten Pfade
Nicht vergessen

Im Regendunkel
Tastet sich der Fluss
Leise murmelnd

Durch mäanderndes
Halbvergessen

Acker

Der Herbst gibt
Die glänzenden
Lehmklumpen
Frei

Am Strauch
Friert eine letzte
Brombeere

Auch der
Vogel kämpft
Gegen den
Wind

Schneewolken
Lauern
Am Horizont

Tümpelumzingelt

Unterhalb der Halde
Tümpelumzingelt
Vermoderte Totholz
Stille

Klatschmohn
Im Gegenlicht
Schwirrt der Sommer
Durch deinen Tag

Während auf dem
Haldenrücken
Totems im Halb
b
o
g
e
n
Die Winde
Als junge Bräute
Empfangen

Zufall

Pfützengespiegeltes
Laternenlicht

Auf das der Wind
Sein Rauschen legt

Unendliche Sehnsucht
Ertrinkt

Im Mondlicht
Ziehen wilde Gänse

Wie zum Abschied
Durch den Zufall

Mondkalt

Frühlicht überwindet Horizonte
Zu spalten den Tag

An mondkalten Mauern
Harrt aus das Geheimnis

Schweigen
Begräbt den Sturm

Fliederblüte

In der Blütendolde

Lebt die Spinne

Genetztes Revier

Duftendes Universum

Lebensabdrücke

Gedanken
Versunken

Belangloser Tag
Ohne Sinn

Gedanken
Versunken

Am Ufer
Sitzend

Auf dem Feld
Gegenüber

Zwei Kühe

Hastig

Im rechten Moment

Innehalten

&

Voller Sanftmut

Der Melodie
Des Sommerregens
Folgen

Nach Süden

Über der Stadt
Schreien die Vögel
Ihre Hieroglyphen
In den Himmel

Dann drehen sie
Ab und ziehen
Mit unseren Träumen
Richtung Süden

Landregen

Eines schönen Tages
Verschwindet der Sommer
Dann endgültig im
Regenrohr

Schwerer Landregen
Reinigt die Stadt

Vom letzten Blütenstaub

Von verdorrten Sommerlieben

&

Vom Hundekot
Der letzten Wochen

Laubaugenblick

Halte mich
An meinem Atem
Fest

Worte suchen
Hilfe

Im Laubaugenblick

Vergeht meine Zeit

Tageslicht

Aus allen Himmeln
Vertrieben verläuft sich
Der Sturm im Wald
Und rauft mit dem Laub

Eilig jagen Wolken
Schatten letzte Sommer
Träume in Fetzen über
Die Landschaft hin
Weg

Vorüberfliegende Vögel
Entführen das letzte
Licht des Tages

Winterbirken

Des Tages eigene Regeln
Befolgen

Freund und Hüter
Sein

Im Schatten
Der Winterbirken

Ganz nah

Manchmal
Während meiner Wanderungen
Entlang der Flüsse und Bäche
Kam ich für einige Sekunden
Ganz nah an das
Was ist
Was ist
Was ist

Thorsten Trelenberg

Lyriker,
Kinderbuchautor & Flusspoet

Mitglied im vs.verdi
Verband deutscher
Schriftstellerinnen und Schriftsteller

ist mit Kurzgeschichten und
Gedichten in über 100 Anthologien
vertreten und veröffentlichte bis
heute zahlreiche Gedichtbände und
Kinderbücher,
sowie 5 CDs mit vertonten
Gedichten.

2012
Alfred-Müller-Felsenburg-Preis
für aufrechte Literatur

www.thorsten-trelenberg.de

Beim Verlag Dortmunder Buch sind erschienen:

Peter Gallus

Vor Allahs Angesicht - Roman

Going Upstairs - Roman über den afrikanischen Exodus

Der Ritter mit dem eisernen Halsband - Roman

Das Eiserne Halsband des Lambert von Oer -
Dokumentation

Tod vor Toulon - Roman aus dem Seglermilieu

Der Schulstreit von Havixbeck - Theaterstück

Das Weihnachtsmusical - Über die Geburt Christi

Buße für Melchior - Theaterstück

Das Eiserne Halsband - Theaterstück

Pastorin & Kalaschnikow - Krimiserie

Thorsten Trelenberg

Das atmende Lid - Ausgewählte Gedichte

Flusspoet - Ausgewählte Gedichte

Poesieoasen- Ausgewählte Gedichte

Herzklappenartisten- Ausgewählte Liebesgedichte

Für das Erinnern- Ausgewählte Gedichte

Roland Höft

Wir schaffen das [nicht] - Chronik eines Staatsbankrotts

Jan Michaelis, Barbara Klein, Judith Gottschalk, Elisabeth Jansen, Peter Gallus, Heidelore Verhasselt

Frauen–Mörder–Mörderinnen - Krimianthologie

Dr.Wilfried Grewing, Bernhard Lüke

Die Heiligen von Kakesbeck - Sachbuch

Dr. Gerd Möller

Erinnerungen einer Mutter von fünf Söhnen -
Biographie

Das Leben ist ein Streichelzoo -
Biographie eines Widerspenstigen

Thorsten Schröder

Wärmequellen für Wärmepumpen - Sachbuch

Heidelore Verhasselt

Lebenskarussel - Biographie

Barbara Klein

Halifax and More - Erlebnisbericht
Josefus von Speckstein - Kinderroman

Patrick Fichter

Mein Plan ist kein Plan - Reisetagebuch

Literatengruppe Dortmund

Die Lynchen uns - Kettenroman

Schön hier - Lieblingsplätze und Herzensorte

Peter Dürrbaum

Manchmal denke ich an Cordes - Erinnerungen

Ali Fuat Kop

Suskun Diller Diyari - Gedichtband (Türkisch)

Eylül'de Sekizlerin Türküsü - Roman

Hassan Lütfi Kop

Blutregen über Kurdistan - Roman (Türkisch)

Kurden und Kurdistan - Geschichtsbuch (Türkisch)

Devre-i mihne - Gedichtband

Margarete Koppetsch

Gleich einem Sommertag - Biographischer Roman

Verlag Dortmunder Buch
Dieckmannweg 3a
44339 Dortmund
Tel: +49 (0)231 2206602
Fax: +49 (0)231 2206603
verlag@dortmunder-buch.de
www.dortmunder-buch.de